FEUILLES
VOLANTES

POÉSIES

DÉDIÉES

A M. ALPHONSE DE LAMARTINE

PAR

HECTOR-AUGUSTE CHARPENTIER.

MELLE

CH. MOREAU, IMPRIMEUR-LIBRAIRE.

1843

FEUILLES VOLANTES.

FEUILLES

VOLANTES

POÉSIES

DÉDIÉES

A M. ALPHONSE DE LAMARTINE

PAR

HECTOR-AUGUSTE CHARPENTIER.

MELLE

CH. MOREAU, IMPRIMEUR-LIBRAIRE.

1843

1844

A

MES LECTEURS.

——————

Encore des poésies fugitives ! va-t-on s'écrier... Eh ! oui, en voici encore un petit recueil que je viens offrir à mes amis. Sans doute, lui aussi aura ses détracteurs, et, comme mes *Pensées et Souvenirs*, passera sous la férule sévère du public et subira une critique juste ou injuste, sévère ou ridicule. Lui aussi subira ces phases si différentes de la vie, il aura, comme la plus grande partie des ouvrages du même genre, son moment d'éclat, son moment de gloire, comme aussi sa décadence.... et après avoir amusé ou ennuyé, occupé ou distrait la foule inconstante, il tombera dans l'oubli comme tant d'autres ont tombés avant lui, et comme tant d'autres aussi tomberont après ! Enfin, telle est l'inconstance, je veux dire l'esprit de notre siècle, il aime les changemens ! mais avant d'être oublié, lui aussi, m'aura valu quelques moments bien doux, (cet ouvrage et non pas l'esprit mobile de notre siècle). Il m'aura valu de ces encouragements, de ces remercîments qui servent à fortifier un cœur de vingt ans, qui servent à le mûrir, et qui l'imprégnent, goutte à goutte, de félicités qui ne peuvent être comprises que du poète, et qui viennent contrebalancer l'amertume des douleurs que peuvent lui causer trop de désillusionnement sur les choses du monde. A vingt ans sans illusions ! dira-t-on, c'est impossible ! — Il y a des choses qu'on ne peut confier au papier, mais je soutiens, et malheureusement trop par expérience, qu'à vingt ans, on peut avoir beaucoup souffert moralement, et essuyé déjà de bien cruels désanchantements !

Maintenant, que le lecteur veuille bien répondre à

cette question : quel est l'instant le plus sublime de l'existence ! — résolvons-là ensemble. — Selon moi, c'est celui où l'on va passer de la vie à la mort , parce qu'alors on est sur la borne qui sépare deux vies , et que l'on récapitule d'une pensée tout le passé de l'une , tandis que d'un coup d'œil , on envisage toute la sublimité de celle qui va s'ouvrir , toute la grandeur de l'éternité ! Eh ! bien, cet instant si terrible , cet instant si rempli d'angoisses, de craintes inexprimables , le cœur du poète le connaît presque , lorsque pour la première fois , il livre son nom aux yeux des masses ; il est pour ainsi dire entre la mort et la vie , car c'est la vie qu'il demande , lui ! non pas une vie de chair, une vie toute sensuelle , non, ce n'est pas ce qu'il désire avec tant d'ambition.... c'est une vie pour son nom, qu'il ne veut pas ensevelir avec lui dans la tombe ! C'est alors qu'il ressent de fortes émotions, de si fortes même, qu'elles sont capables de briser son jeune cœur tout rempli d'avenir et qui rêve de si belles espérances ! C'est au public qu'il se livre en tremblant, car c'est ce juge impartial qui doit ordonner son sort ; qui doit le condamner à de poignantes douleurs, ou lui faire goûter des joies indicibles, selon ses caprices ; car que de fois il jette un regard dédaigneux sur cet enfant qui vient de naître et qui lui tend les bras, pour obtenir un sourire d'encouragement, comme pour lui demander pardon d'une faute qu'il n'a pas commise ! Que de fois il désillusionne son trop crédule cœur qui vivrait d'i-déal ! Tout cela sans savoir le mal qu'il cause, sans savoir que ses dédains déchirent une âme, brisent une existence.

Oh ! qui pourrait arrêter celui qui sent battre son cœur de ce feu surnaturel qui anime le poète ? Quel homme assez ignorant du cœur humain, ne comprend pas que l'empêcher de chanter c'est l'empêcher de sentir, c'est l'empêcher de vivre ? Oh ! qu'il est doux, comme on est ému, de s'entendre dire merci par une malheureuse mère dans les larmes, qui croit que son fils n'est pas entièrement perdu pour elle, parce que son nom à glissé des lèvres de ce barde du malheur ! Que l'émotion est forte et sublime, dans ces moments d'é-panchements entre la douleur et la poésie qui par elle-même est le noble organe de la douleur ! Qu'il est doux de sentir sa main pressée par la main d'un ami, dont on a compris les infortunes ! Si vous connaissiez ces si douces sensations, oh ! alors, hommes du monde, vous comprendriez cet entraînement irrésistible ! Et je vous le répète encore : le priver de chanter serait le priver de tout bonheur, lui ôter la vie ; car, ne vous y trompez pas, la poésie est un souffle divin, elle émane de l'âme, et par conséquent elle n'exprime que la situation de l'âme ; elle veut s'élancer sous mille formes hors de la fange humaine, dans laquelle l'âme est retenue par le doigt de Dieu. Mais il n'a pas marqué une limite aussi exiguë aux divines inspirations du poète ; il savait qu'elle ne leur suffirait pas ; aussi il leur a donné le monde entier pour s'y répandre, et le monde aussi pour les juger.

Je dois, avant de terminer cette préface, exprimer hautement mes remercîments aux personnes amies qui ont bien voulu me donner quelques encouragements et quelques conseils. Je regrette presque de n'avoir pas trouvé de juges assez sévères pour mon premier ouvrage. Mais on a voulu se montrer favorable à mon début, et puis il est vrai que je ne devais pas attendre de remontrances amères de mon jury, qui, soit dit entre nous, m'a traité en véritable enfant gâté, pour me servir de l'expression vulgairement employée, si j'en juge par cette strophe de vers que je prends dans une pièce qui m'a été adressée par une main bien chère :

» Quand à juger tes vers, ami, je m'y refuse,
» Car, en me l'ordonnant, que veux-tu donc de moi ?

» Je ne puis que louer. Faut-il que je t'accuse?
» Comment les trouver mal, quand ils sont faits par toi? »

Certes, je suis loin de prendre à la lettre des louanges si peu méritées, seulement je suis ému à la pensée qu'un ami trouve bien tout ce qui vient d'un ami, mais alors un ami n'est pas un juge?

Je suis heureux et fier de pouvoir ici apporter mon tribut de remerciments et d'admiration, à un des plus grands génies de notre époque, à un homme qui se fait remarquer tant par ses vertus que par ses talents, et qui réunit les deux titres qui paraissaient si incompatibles, de grand poète et d'illustre orateur, à monsieur de Lamartine enfin. En lisant la lettre qu'il m'a fait l'honneur de m'adresser, en acceptant cette dédicace, on concevra quelle joie il a du me causer en voulant bien m'abriter de son grand nom.

« J'ai reçu, Monsieur, la lettre que vous m'avez
« fait l'honneur de m'écrire pour m'offrir la dédicace
« d'un ouvrage que vous voulez faire paraître prochaine-
« ment. Je suis on ne peut plus reconnaissant de cet
« offre, bien que cet ouvrage me soit totalement
« inconnu, mais, je ne saurais douter de son mérite,
« si j'en juge par les vers remarquables que vous avez
« eu la bonté de m'adresser.

« Veuillez, monsieur agréer, avez mes remercîments,
« l'assurance de me considération distinguée,

DE LAMARTINE. »

Paris, 31 janvier 1843.

Je m'arrête. Le peu d'étendue de cet opuscule, ne me permet pas d'en dire davantage. Seulement, je demande de nouveau pour lui toute l'indulgence de ses lecteurs, tant je suis persuadé qu'ils ne sauraient trop en avoir.

Melle, Juillet 1843

A

M. ALPHONSE DE LAMARTINE

COMME TÉMOIGNAGE

DE MA RESPECTUEUSE ADMIRATION !

H.-AUGUSTE CHARPENTIER.

I.

INVOCATION.

Ton nom seul exalte ma lyre,
Elle s'échauffe, elle s'inspire;
Et pour parvenir à toi
Elle jette un regard sur moi.
Mais moi... je suis si peu de chose !
Je ne suis rien, et pourtant j'ose

T'apostropher, maître... Et pourquoi ?
Pour faire vibrer jusqu'à toi
Les sons de ma lyre naissante.
Qu'elle serait reconnaissante
Si, pour cette première fois,
Tu daignais écouter sa voix ;
Encourager sa sainte ivresse,
Chasser de son front la tristesse
Et lui faire goûter tout le bonheur des cieux,
En lui laissant l'abri de ton nom glorieux !

A-t-on jamais cueilli de plus belles couronnes
Que celles qu'à ton front décerne l'univers,
Poète aux chants divins, vivifiants ? Tu donnes
Aux justes plus de foi, l'espérance aux pervers ;
Tu nous laisses à tous l'émotion dans l'âme,
Et tu remplis nos cœurs de la plus sainte flamme !
Que de fois, dès le soir, prenant ton Jocelyn,
J'ai vu poindre en lisant l'aube du lendemain !
Que de fois, admirant tes belles harmonies,
Mon être se perdit en douces rêveries !
En lisant tes beaux vers, simples, harmonieux,
Il me semble toujours entendre dans les cieux
Ces chantres éternels des sublimes cantiques,
Qui disent à genoux des hymnes séraphiques !...

Tu viens unir tes chants, pour célébrer les cieux,
    Aux harpes des prophètes ;
Ton front est rehaussé de l'éclat radieux
Qui brille sur celui des saints anachorètes...
    Mélodieux ami,
Laisse joindre à tes chants mon âme toute émue !
Toi qui portes ton front élevé dans la nue
    Où se perd l'infini ;
Soutiens-moi... je voudrais paraître dans l'arène
    Sur un bouillant coursier,
Et pouvoir le dompter en serrant bien la rêne
    Qui tient son mors d'acier.

    Quel est ce sylphe aux larges ailes,
    Qui plane sur moi dans les airs,
    M'ouvrant les voûtes éternelles
    Où j'entends de pieux concerts ?

    Je sens son souffle qui m'inspire,
    Il fait battre et bondir mon cœur !
    Sylphe divin, laisse ma lyre
    Redire ces chants de bonheur !

L'Éternel, dont le front est couronné d'étoiles,
Laisse briller ses yeux d'un immortel plaisir,
Que ne sauraient cacher les plus épaisses voiles,
    Puisque ce n'est pas son désir.

A ses pieds, prosternés, se trouvent tous les anges,
Les séraphins ailés ; les sublimes phalanges
Entonnent devant lui cet hymne solennel,
Ce *Te Deum* des cieux, si doux à l'Éternel :

« Que grand est le Seigneur ! dans sa magnificence
» Il remplit l'univers de ses nombreux bienfaits,
    » Et puis dans sa sage clémence,
» Il le régit d'en haut au gré de ses souhaits !
» Saint, béni soit son nom ! qu'il soit rempli de gloire !
» Hosanna ! louez-le, c'est le dieu de victoire !
» Prosternez-vous, mortels, à genoux, à genoux !
» Car Dieu dans sa bonté jette un regard sur vous !

» Il sourit de pitié sur vos pompes si vaines,

» D'un signe il va briser vos plus solides chaînes ;
» Il veut un culte libre, il veut, dans sa bonté,
» Combler tous vos désirs, il veut la liberté !

» Bénissez-donc son nom, oh ! tous rendez-lui grâce,
» Humains, il vous bénit, il aime votre race ;
» Il étend sur vos fronts ses paternelles mains,
» Répand tous ses bienfaits sur vous, ingrats humains!
» Voyez-le, des captifs il fait tomber les chaînes,
» Il augmente vos biens, fertilise vos plaines ;
» Pour nourir vos agneaux fait fleurir les buissons,
» Et vous promet toujours d'abondantes moissons ;
» Il fait plus... de son fils il vous envoie l'exemple,
» Il bénit vos autels, il visite le temple
» Que vos profanes mains élevèrent pour lui,
» Dans un temps qui déjà loin de vous tous a fui ;
» Ce Dieu qui porte en vous de si divines flammes,
» Vient consoler vos cœurs, sanctifier vos âmes ;
» Et vous le négligez... mortels ! ce Dieu vengeur,
» Dans sa clémence, attend le choix de votre cœur ;
» Tremblez de vous livrer au culte des idoles !
» Au milieu des éclairs ses divines paroles,
» Sur le haut du Sina l'ont proscrit ; et sa loi
» Ordonne, qu'en lui seul il faut mettre sa foi.
» Saint, béni soit son nom ! Qu'il soit rempli de gloire !

» Hosanna ! louez-le , c'est le dieu de victoire !
» Prosternez-vous , mortels , à genoux , à genoux !
» Car Dieu, dans sa bonté, jette un regard sur vous ! »

. . . .

Et des vierges en blanc , que des branches de roses
Couronnent , au milieu des nuages d'azur ,
Font monter le parfum des fleurs fraîches écloses
Jusqu'au trône de Dieu, dans l'encens le plus pur,
En bénissant son nom, plein de magnificence,
Et demandant pour nous , un regard de clémence !

. . . .

Dans ses jours de bonté Dieu dit dans le néant :
« Que l'homme soit ! » il fut... il fut et devint grand,
Fameux par ses talents, prodige de génie,
Sublime écho du ciel sur la terre de vie ,
Mais ce n'est qu'après bien des peines, des travaux,
Qu'il a pu réunir aux concerts des oiseaux,
Au saint recueillement de la belle nature,
Les sons graves et doux de sa voix belle et pure ,
Accompagner d'un luth ses cantiques sacrés,

Et mouiller de ses pleurs les temples consacrés
Au culte de son Dieu. L'homme qui n'est que fange,
Peut-il donc espérer de devenir un ange,
Puisqu'il parle avec Dieu partout, dans les déserts,
Dans le temple, au milieu des célestes concerts ?
Il lui parle... Il décrit les plages immortelles ;
En parlant il nous peint les douceurs éternelles,
Le bonheur des élus ; et puis, changeant de lieu,
Il nous porte en volant jusqu'au triste milieu
De l'enfer, ce séjour d'horreur, insupportable
Séjour des malheureux qu'un juge inexorable
A réprouvé du ciel. Enfin, l'homme, ici-bas,
Chantre aux divins accents, ne s'arrêtera pas !
Il court comme un géant, il vole comme un aigle,
Dort auprès d'un buisson, derrière un champ de seigle ;
Il rêve dans les bois, sur les monts, aux déserts,
Et son rêve finit par de pieux concerts !
Dans ces chants pleins d'amour, de gloire et d'espérance,
Il voudrait vers les cieux que son âme s'élance ;
Il voudrait dominer la surface des mers,
Et planer comme un roi sur ce vaste univers...
Mais voyons-le rentrer jusqu'au fond de son âme :
« Mon Dieu, dit-il, pitié pour mon cœur tout de flamme !
» Ayez pitié de moi, Seigneur, votre bonté
» Est grande, et vous pouvez de mon iniquité,
» Qui m'accable toujours, qui me poursuit sans cesse,
» Me délivrer, Seigneur, et chasser la tristesse
» Qui fait rider mon front pâli par le malheur !

» Jusqu'ici j'ai vécu toujours dans la douleur ;
» Ne me rejettez pas de devant votre face,
» Dieu si bon, sur mon cœur, oh ! répandez la grâce !
» Laissez-moi du bonheur connaître les pavôts !
» Laissez-moi donc goûter dans de nobles travaux
» Le bonheur qu'à vos pieds je demande à cette heure,
» Ou bien faites, seigneur, faites donc que je meure !

» Oh ! ma douleur est sans pitié,
» Mon cœur est presque froid, mes yeux n'ont plus de
de larmes,
» Et même au sein de l'amitié
» Je ne peux plus trouver de douceurs ni de charmes !

» Mes nuits sont sans repos,
» Une fièvre accablante,
» Vient consumer mes os,
» Sur ma couche brûlante !

» Et là, dans ma douleur,
» Priant votre clémence,

» Je soulage mon cœur,
» Vous offre ma souffrance !

» Vous connaissez tous mes désirs,
» Mon Dieu ! vous lisez dans mon âme,
» Vous entendez tous mes soupirs,
» De mes maux finissez la trame !

» Bénissez-moi, mon Dieu, pardon,
» Mes fautes sont en bien grand nombre !
» Donnez-moi, seigneur, la raison,
» Et laissez-moi vivre dans l'ombre !..

Et c'est quand parle ainsi le mortel repentant,
Que tout-à-coup du ciel le chœur retentissant
Jusqu'à lui parvenant, vient doubler son extase,
Il croit voir... il entend redire cette phrase,
Qu'il redit en mêlant, à ceux des saints, son chant :

« Saint, béni soit son nom ! qu'il soit rempli de gloire !

» Hosanna, louez-le, c'est le dieu de victoire !
» Prosternez-vous, mortels, à genoux, à genoux !
» Car Dieu dans sa bonté jette un regard sur vous !

Déjà s'est envolé cet envoyé céleste !
Je n'entends qu'un bruit vain...
Déjà je ne vois plus celui qu'un vol si preste
A reporté là-haut, auprès du Dieu très-saint !

Mais, ô poëte ami, quittons pour la campagne
Cet asile sacré ; volons vers la montagne ;
Gravissons les sommets, les sentiers tortueux ;
Domptons soudainement le coursier orgueilleux,
Qui, piaffant d'ennui, veut se montrer rebelle
A nos moindres désirs. La nature est si belle
Dans les sites divers qu'elle oppose à nos yeux !
Ici, c'est un rocher aux contours curieux ;
Là, ce gouffre profond où l'onde tourbillonne
En tombant du sommet des monts qu'elle sillonne.
Voyons avec mépris le monde si pervers,
Mais admirons long-temps ces beaux sites si verts,
Si riants ! En s'ouvrant la fleur de la vallée,
Laisse monter à nous son odeur embaumée...

Oh ! vois-tu ce berger goûtant un doux plaisir
A compter ses agneaux, à les voir se courir
Parmi les rocs épais qui couvrent la montagne !
Le zéphir, caressant les fleurs de la campagne,
S'en vient tout doucement jouer dans ses cheveux,
Les parfume avec soin de l'haleine embaumée
Qu'il dérobe à la fleur par ses baisers pâmée !
Chastes baisers ! (du moins ceux-là sont-ils heureux !)

Oh ! viens me soulever sur tes deux ailes d'aigle,
Poète bien-aimé ! j'abandonne la règle
De ce monde trompeur, séduisant et jaloux ;
Oui, je veux me livrer aux flots de poésie
Qui débordent dans moi ! Chantons à deux genoux,
Prosternons-nous tous deux, enfans de Parrhasie !
Oh ! fais-moi donc franchir, pour me donner la vie,
Les bornes qu'on impose aux vulgaires humains ;
Courons à travers champs, volons haut ; la barrière
Est ouverte pour toi, dis ? poète inspiré,
Viens, regarde avec moi ces lutteurs, ces banières
Qu'on m'oppose à moi seul ! je serai déchiré
En entrant sans soutien dans les griffes du monde,
De cet hydre aux sept fronts, qui de son fiel m'innonde !
Prête-moi ton appui, fait moi marcher vainqueur
Au milieu de ses dents ! le courage et l'ardeur
Me seraient accordés si, d'un chant de ta lyre

Tu voulais me ravir, dans ton chaste délire.
Oh ! laisse donc tomber pour moi quelques accords ;
De ces accords brillants qui réveillent les morts ;
De ces accords sacrés que toi seul imagines
Pour chanter noblement les louanges divines !
Fais retentir ton luth d'un son mélodieux,
Fais entendre ta voix dans un chant pour les cieux !

Plane et commande ici... tu vois toute la terre
        Attentive à ta voix,
Poète aux chants divins ! chante comme une mère,
        Chante encore une fois !

Comme une mère ! oh ! oui. Ses chants vont plus à l'âme,
        Ils sont plus doux !
Ils inspirent le cœur, le brûlent d'une flamme
        Précieuse pour tous !

Chante, poète ami, que ton luth harmonique
        Entouré de lauriers,
Résonne de nouveau dans un chant héroïque
        Pour nos guerriers. . . .

Lève-toi, noble luth ! ta couche triomphale
Ne doit pas absorber tes chants harmonieux ;
Le monde entier attend, son oreille amicale
Écoute .... et croit entendre une hymne pour les cieux !
Ah ! puissent sous tes doigts les cordes de ta lyre
Vibrer jusqu'à nos cœurs par un sublime accord ;
Toi qui chantas jadis, dans un sacré délire,
Les saints chœurs du Liban , les hymnes du Thabor ,
Magique entremetteur des prières des anges,
      Chantre aux nobles élans ,
Prends ton luth , pour offrir à leurs saintes phalanges
      De nouveaux chants !

Fais entendre ta voix dans la plaine éthérée ,
Chante encor ce ciel bleu, cette voute éclairée
Par ses mille feux d'or, d'argent, de diamant,
Dans cette mer d'azur , où dort le firmament ;
Des nuages épais la blanche chevelure ;
De nos bois , de nos monts , la verdâtre parure ;
Chante encor les amours de quelque heureux amant ;
Chante l'illusion sur le bord du néant ;
Prends ton luth ! dans nos cœurs fait naître l'espérance
Et l'amour , à jamais ; viens conserver la foi
Qui chancelle déjà dans le cœur de l'enfance ,
Et puis , Dieu sera fier , d'être chanté par toi !

II.

FATALITÉ.

C'est en vain que mon cœur veut s'armer de courage...
En vain je la demande aux échos d'alentour ;
Tout condamne mon âme à l'éternel veuvage,
Et pourtant ses désirs sont de mourir d'amour !

En vain toujours je souffre... une morne tristesse
Ne peut point soulager mon cœur, qui, tour à tour,

Passe de la douleur à la plus sainte ivresse,
Mais seulement la nuit quand il rêve d'amour !

Que faut-il donc, mon Dieu, mourir ? je m'y résigne...
J'obéis, je suis prêt... mais donne-moi, Seigneur,
Pour cet arrêt fatal, que de mon sang je signe
    Un instant de bonheur !

III.

LES DEUX ANGES D'ORLÉANS.

———

Tous deux avaient quittés les phalanges célestes,
Et prenant leur essor s'étaient rendus vers nous,
Il voulaient policer nos provinces terrestres,
Mais Dieu les a repris, il en était jaloux !
Il les chérissait trop pour laisser sur la terre
Deux cœurs aussi parfaits, si pleins d'un chaste amour !

Il voulait perforer le grand cœur de leur mère
De ce glaive tranchant, que du divin séjour,
Il envoya percer le saint cœur de Marie,
Qui subit en un jour plus de mille douleurs,
Lorsque son divin Fils pour nous perdit la vie !
Et notre reine aussi, qu'elle a versé de pleurs !
Qu'elle a gémi de fois sur une froide tombe
Depuis qu'elle a perdu, dès la première fois,
Sous les dehors touchans d'une blanche colombe,
Sa fille, notre amour, fille et femme de rois...
Ce n'était pas assez, oh ! non, mon Dieu ! son âme
Devait s'anéantir, se briser; et son cœur
Devait sentir encor un glaive tout de flamme
Renouveler bientôt sa cruelle douleur !...

Grande reine, admirez, voyez, noble martyre,
Regardez dans les cieux ces deux anges si beaux !
Le souris sur le front tous deux semblent vous dire :
« Oui, nous prions pour toi, dans ces mondes nouveaux !
» Mais calme ta douleur, conserve l'espérance,
» Reine, de tes sujets tu possèdes l'amour,
» Reporte ton grand cœur sur nos fils, sur la France,
» Va, nous prions pour toi, dans le divin séjour ! »

Et tous deux à l'envi forment une couronne,

Non pas de jaspe et d'or mais de pur diamant,
Entremêlent les fleurs à l'azur qui lui donne
Tout l'éclat du soleil qui brille au firmament.

Et profitant, la nuit, du moment où les songes
Bercent l'esprit lassé de notre auguste roi,
Ils descendent vers lui, par de pieux mensonges,
Font rentrer dans son cœur l'espérance et la foi.

Puis, soulevant tous deux le brillant diadème,
Sur le front paternel, ils viennent lentement,
Tous deux enfants chéris, le plus parfait emblême
De l'amour filial, le poser en priant.

Sous leurs baisers sacrés, une divine flamme
Vient répandre aussitôt, dans ce cœur adoré,
Pour calmer un moment les peines de son âme
Par l'aspect du bonheur, un beau rêve doré.

Il voit déjà fleurir, sous l'appui de Marie,

3

Tout ce qui peut chez nous être qualifié d'art ;
Et revenir vainqueur de notre colonie
Ce prince, l'héritier du sceptre d'un César.

Il repasse en son cœur l'existance chanceuse
Du royal héritier , fils que tant il aima !
Puis alors , s'éveillant , d'une main malheureuse ,
Il cherche ses enfans , mais il ne sont plus là !

Il se voit abusé par un funeste songe ,
Il gémit sans pleurer ; mais bientôt ses douleurs
Se sentent appaiser par un sommeil qui plonge
Son âme dans l'oubli de ses nobles malheurs.

Ses deux anges bientôt le couvrent de leurs ailes ;
Marie , épand sur lui, le pur baume des cieux ;
Le prince appelle aussi la clémence éternelle
Sur la tête du roi , par un hymne pieux !

Oh ! s'il pouvait les voir, ces deux êtres célestes,
Se tenant par la main, penchés sur l'oreiller
Où repose son front ; de ses douleurs terrestres
Avant de s'envoler, voulant le soulager !

Oh ! mais, laissez-le nous, noble fils de la France,
Vous et Marie allez dans le divin séjour
Supplier pour nous tous ce Dieu plein de clémence,
De laisser notre roi long-temps à notre amour !

Mais un songe nouveau sur sa tête blanchie,
Vient de verser ses doux et bienfaisants pavôts :
Il voit là, sur son lit, une image chérie,
Qui joue en souriant sans craindre de rivaux !

C'est son fils ! c'est son fils !... ô tendresse indicible !
Son réveil est soudain. Mais il cherche long-temps...
Son fils, son royal fils, dont la forme invisible
Vient jouer sur son cœur, comme dans son printemps !

Et ces chastes enfans, en secouant leurs ailes
Pleines d'un feu divin, déposent , avec foi ,
Un long baiser venant des voûtes éternelles,
Et déjà près de Dieu font des vœux pour le roi !

IV.

MINUIT.

A CAMILLE MALAPERT.

Tout dort dans l'univers... moi seul ici je veille !...
Je veille, pour rêver à l'ange qui someille,
A l'ange aux yeux d'azur.... Le calme de la nuit
Est sublime, surtout au moment de minuit !

Ah ! comme l'air est pur ! le vent de son haleine
Caresse mes cheveux. D'ici, j'entends à peine,
Le murmure plaintif du timide ruisseau,
Où la lune, en riant, vient se mirer dans l'eau !

C'est l'instant où paraît, sur le haut des tourelles,
Ce sylphe qui descend des voûtes éternelles,
Portant entre ses bras tous les rêves d'amour
Qu'il répand, en jouant, dans ce triste séjour ;

C'est l'heure où Lucifer cherche sur ses tablettes,
Pour y choisir les noms de ces nombreux squelettes
Qui doivent commencer la ronde du sabbat,
Pour effrayer celui qui dort sur son grabat !

C'est l'instant où, des morts, les religieuses ombres
Quittent, toutes les nuits, leurs demeures si sombres,
Pour aller, à genoux, aux portes du saint lieu
Entonner un saint chant à la gloire de Dieu !

L'orgue, aux brillants accords, longuement les écoute,
Puis redit un écho que répète la voûte ;
Et l'on voit s'envoler les divines houris,
Et les ombres des morts, et des chauves-souris...

Alors on voit errer de bizarres fantômes,
Qui sortent à l'envi, paraissent sous le dôme,
Les uns armés de faux, ou bien aux bras fourchus,
D'autres la lyre en main, d'autres aux pieds crochus ;

Les fiers dragons volans, les gnômes, les vampires,
Les sphinx aux bras humains, les nains et les satyres,
Tous, (infernal congrès de monstres abhorrés !)
Accourent de l'autel profaner les degrés.

Et là, dansent long-temps ces formes si burlesques,
Faisant entrechoquer leurs squelettes grotesques ;
Ils se frappent entr'eux, invoquent Lucifer,
Maudissent, en jurant, et le ciel et l'enfer...

Puis, des tombeaux glacés, ressoulevant les dalles,
Rentrent dormir en paix ces têtes sépulcrales ;
On n'entend plus qu'un rire ironique... et soudain
Tout se tait... on écoute, et l'on n'entend plus rien !

Le calme est effrayant... Mais une âme craintive
Doit dormir à minuit ! une âme fugitive,
Forte par le malheur, trouve délicieux
Ce calme, qui, pour elle, est un reflet des cieux !...

V.

IMPRÉCATIONS.

———

Qu'est le monde après tout ? dérision amère !
Le monde est un torrent qui coule sur la terre ;
Un torrent pour lequel rien n'est sacré ni saint,
Un torrent qui mugit partout sur mon chemin...
Les yeux baignés de pleurs , bien souvent je l'évite,

Mais dans sa folle ardeur, vers moi se précipite ;
Qui? mon Dieu, c'est bien lui, c'est bien lui! toujours lui!
Je le trouve toujours malgré que je le fui !
Il me cherche partout, m'entraîne, me tourmente.
Moi, je l'aime pourtant comme on aime une amante,
Comme on aime... Oh! mais non, le malheur! le malheur
Habite seul chez lui ; chez lui tout est douleur...
C'est un tyran farouche, insaisissable, horrible ;
Ses baisers les plus doux, son étreinte terrible.
Présentent un bonheur que je ne comprends pas ;
Je doute : près de lui je dirige mes pas ;
Je me sens attiré dans ses bras formidables,
Et sens peser sur moi ses chaînes redoutables !
Le sort en est jeté ; monde, je suis à toi...
Monde, repaire affreux de reptiles sans foi ;
Monde, où gît la vertu, sans autre récompense
Que la conviction de sa noble souffrance ;
Monde, où les nobles cœurs pleurent sur tes malheurs ;
Je cède, et suis à toi, receptacle d'horreurs !
Mais, je veux abaisser ta crinière hérissée :
Songe que tu n'es rien, pour rien dans ma pensée ;
Tu n'es rien à mes yeux ; j'en excepte pourtant
Les hommes vertueux ; tout le reste est néant !
Que la foule en fureur hurle dans sa colère
Contre moi, je m'en ris ; créature éphémère
Je dois périr un jour... Que me fait le dédain
Des gens qui, comme moi, doivent mourir demain !
Ah ! monde, tu le vois, je me ris de ta rage,

Je ne crains pas non plus, comme toi, qu'on m'outrage ;
Et je ne tremble pas, (folle dérision !)
En acceptant chez toi mon introduction !
J'entre... eh! bien, me voilà, que me voulais-tu, monde !
Pour m'appeler ici, dans ton repaire immonde,
Pour me forcer à rire à tes propres dépens,
A pleurer sur le sort de quelques nobles gens,
Que le destin fatal voulut mêler au nombre
Des reptiles obscurs dont on écrase l'ombre,
Et qui devraient crier : « Grâce pour nos enfans !
» Épargnez, épargnez leurs têtes, chastes, pures,
» Et ne maudissez pas toute notre nature !
» Arrêtez !.. en suspens Dieu tient le glaive nu
» Sur nos têtes à tous ! Vous êtes inconnu,
» Et vous nous maudissez sans en dire les causes !
» Que vous avons-nous fait? Laissez croître les roses,
» Et ne détruisez pas, du sein de nos enfans
» L'amour de leur prochain, l'amour de leurs parens !..

Eh bien ! roses, croissez, je vous bénirais même.
J'invoquerais pour vous notre juge suprème....
Mais je ne pourrais pas regarder sans courroux
Ces hordes de lions, combattant à genoux,
Ce masacre éternel qu'on fait de notre race,
Qu'on fait au nom du ciel, qu'on fait sans nulle gràce
Dans ces combats sanglans, aux caprices des rois

Qui veulent appeler leurs crimes des exploits !
Noble exploit en effet de massacrer des hommes ,
Des femmes, des enfans ! et la terre où nous sommes ,
Où sont nés nos parens, nos frères , nos amis ,
Tout devient le butin de nos fiers ennemis !
Ah ! monde, tu le vois, plus de pitié possible
Dans mon cœur ! la vengeance est sa soif indicible !
Oh ! mais non,... ton pardon ! monde , posséde-moi !..
Je te méprise trop pour me venger de toi !

VI.

IL EST AU CIEL !

A LA MÉMOIRE DE TEXIER (AUGUSTE), DÉCÉDÉ A L'AGE
DE SEIZE ANS.

> Cujus animam gementem, contristatam et
> dolentem, pertransivit gladius.
>
> . . . .
>
> Quœ mœrebat et dolebat et tremebat cum vi-
> debat nati pœnas inclyti !
>
> . . . .
>
> Comme un glaive, la tristesse, les désespoirs
> et les angoisses avaient percé d'outre en outre
> son cœur.
>
> . . . .
>
> Comme elle gémissait, comme elle se lamentait,
> comme elle frémissait de tous ses membres, à l'as-
> pect des tortures du fils qui faisait sa gloire !
> *(Stabat mater.)*
>
> Heu mihi, quià incolatus meus prolongatus
> est !
> Hélas ! Seigneur, que mon pélérinage est long !
> *(Psaume L.)*

« Qu'il est dur de mourir à seize ans, dans un âge
» Où de la vie à peine on touche à l'abordage !

» Mourir quand on arrive à peine à son printemps..
» Mourir ! oh ! c'est affreux, de mourir à seize ans !
» Oh ! par pitié, Seigneur, laissez-moi de ma mère
» Être long-temps l'orgueil ; à seize ans l'on espère,
» Et j'espère ! oh ! mon Dieu, laissez-moi ! l'avenir
» Se déroule si beau quand mes jours vont finir !
» Je le vois... je le sens... ma cruelle souffrance
» Me laisse à peine encor une heure d'existence !
» Ma mère en s'efforçant de me cacher ses pleurs
» Veut tâcher d'apporter un baume à mes douleurs !
» Elle veut adoucir par de saintes caresses
» Les regrets de mon cœur ! oh ! divines tendresses,
» Qui sait tous vos secours ? qui connaît les secrets
» Qu'une mère en son sein renferme toujours prêts
» Pour réchauffer le fils que son amour fit naître !
» Oh ! c'est dans ce moment qu'elle les fait connaître !
» Par combien de baisers, de soins ingénieux
» Elle veut retarder nos éternels adieux !

» Adieu, vous que j'aimais, amis de mon enfance !
» Puis-je d'un souvenir emporter l'assurance ?
» Un de vous viendra-t-il pleurer sur mon cercueil,
» Prier pour son ami, dans des habits de deuil ?
» A moi, qui meurs déjà... que faut-il autre chose ?
» Une prière au ciel... quelques fleurs sur ma fosse.

» Ah ! parmi ses amis, lorsqu'il voit tout finir,
» Le pauvre Auguste a-t-il un cœur pour le bénir ?

. . . .

» Mon heure sonne! Adieu, mon père! adieu... ma mère,
» Donne un dernier baiser à ton fils !.. crois... espère !! »

Et la mère, à genoux, près de ce lit de mort,
Comme un marbre glacé, paraît inanimée !
Oh ! son cœur souffre tant ! elle pleure son sort !
Plus de bonheur pour elle, ah ! son âme est brisée !
Aux sanglots déchirants, succède pour toujours,
L'anéantissement... La douleur de son âme
De ses jours malheureux voudrait finir la trame...
Elle appelle son fils... son trésor.. son amour...
Il ne lui répond plus, elle appelle toujours !

Oh ! malheur à celui qui n'aime pas sa mère !
Une mère est un Dieu , c'est un Dieu sur la terre !
Une mère est un Dieu plein de saintes amours ,
Une mère en son cœur veut nous porter toujours !

Il n'avait que seize ans , et d'une froide pierre ,
Déjà sont recouverts ses restes sans vigueur !
Il est mort ! près de Dieu son âme est en prière

Et sa mère , ici bas , se fond dans sa douleur !

Autrefois , du seigneur adorant la justice
Job en s'humiliant devant l'être infini ,
Se courbant sous le poids de son cruel supplice ,
Disait dans ses douleurs ! « Que son nom soit béni ! »

Quand assis aux festins dont les coupes superbes
Laissaient sortir des vins le fumet séducteurs ,
Ses sept fils, ô douleur ! tombent comme sept gerbes
Tomberaient sous la faux du hardi moissonneur !

Ils meurent tous les sept ! « O Dieu saint, ta vengeance
» Est terrible à mon cœur, l'univers en frémit ! »
Et recourbant son front sous sa dure souffrance,
Il dit : « Dieu seul est grand, l'univers le bénit ! »

Ah ! devant tant de maux, père, courbe la tête,
Invoque le Seigneur, et bénis son courroux,
Car aujourd'hui les cieux s'entr'ouvrent et font fête,
A ton fils qui, pour toi, se prosterne à genoux !

Et toi, laisse couler, laisse couler tes larmes,
Pauvre mère ! ton fils veille sur toi d'en-haut.
Oui, pour ton tendre cœur ta douleur a des charmes !
Et la mère de Dieu pleure avec toi là-haut !

Ombre d'un ange au ciel ! que tes saintes prières
Fassent pleuvoir sur nous des nuages de foi !
Auguste, sois heureux, près du Dieu des lumières !
Nous tous qui te pleurons, nous prions Dieu pour toi !

10 Mai 1843. — Minuit.

VI.

FRAGILITÉ ! MENSONGES !

Comme moi tu ne sais que trop combien il
faut peu de chose pour changer le cœur, et
ceux qui ont aimé le plus, oublient bientôt
qu'ils ont aimé...

Telle est l'inconstance du cœur humain, telle
est la fragilité de l'amitié, que le court espace
d'un mois, peut-être d'un jour, suffit pour que
ton cœur ait changé une seconde fois...

La faute en est à la nature, qui te fit incons-
tant comme tu es.

Quand nous disons adieu à la jeunesse, es-
claves des lois spécieuses du monde, nous disons
aussi un long adieu à la sincérité : le monde cor-
rompt les plus nobles âmes !...

(Lord Byron. *Miscellanées.*)

Ainsi, tout est fini ! rien de saint, rien d'auguste

Dans ce bas univers ! l'homme devient injuste,

Il se dépouille aussi du nom sacré d'ami

Pour perdre ses calculs vastes dans l'infini !

Mais il marche, oubliant la marche des années,
Sans entendre sonner les heures destinées
A son propre bonheur, et dont il use en vain,
Sans pouvoir étancher sa soif par un vil gain !

Heureux dans le vieux temps étaient les patriarches,
Dont tous les cœurs étaient autant de saintes arches
D'où l'on voyait jaillir des torrens de vertus,
Et des torrens d'amour... mais ce bon temps n'est plus !
De la sainte amitié, reconnaissant les charmes,
Ils goutaient le bonheur, versaient de douces larmes
Aux récits d'un vieillard, dont les cheveux blanchis
Inspiraient le respect ; dont les traits réfléchis
Dans une onde d'argent à ses pieds prenant source,
Étaient illuminés des feux de la grande ourse ;
Qu'ils étaient simples, beaux, tous ces pieux parens,
Écoutant avec fruit ces discours si touchans !
Heureux entre eux, jamais ne connaissant la haine,
Ils prenaient saintement les bras tordus du chêne,
Les enlaçaient, et puis, dans la belle saison,
Y formaient un autel de mousse et de gazon ;
Là, les chastes enfans, forts de leur innocence
Venaient offrir des fleurs, prémices d'abondance ;
Et le vieillard heureux dans sa paternité,
Venait adorer Dieu dans son immensité.
Leurs travaux étaient saints, nobles ; l'agriculture

Qui féconde la terre , et pare la nature ;
La garde des troupeaux. Quels étaient leurs besoins ,
Pour se livrer entr'eux à d'inutiles soins ?

Mais , notre siècle à nous , notre siècle, fertile
En malheurs, jette en vain son œil faible et débile
Sur le bonheur passé; c'est un siècle sans foi ;
Le monde est corrompu ; le monde fait la loi ;
Du temps de nos aïeux il méprise la gloire,
Et croit marcher toujours de victoire en victoire ;
Il vole vers sa perte, il marche dans l'erreur,
Laisse éloigner de lui tout sentiment d'honneur ;
Il ne ressent en rien ce qui charme tant l'âme,
Ce qui vient allumer une si sainte flamme
Dans tout cœur abattu ; la divine amitié
Source de vrai bonheur, n'entre plus à moitié
Dans son sein corrompu ! le monde la renie
Et pourtant en secret, il la pleure, l'envie,
Lui tend les bras... mais, las ! se hâtant d'accourir,
L'hypocrisie a dit : « C'est moi, viens me chérir,
» Viens, monde, presse-moi sur ton cœur tout de boue,
» Me voilà, chéris-moi, toi, de qui je me joue !
» Pour ma trop sainte sœur, va, monde, tu n'as pas
» Un seul cœur assez pur pour ses divins appas ;
» Mais moi, tu vas me voir chez l'homme le plus sage ;

» Tu verras dérider plus d'un grave visage
» Quand j'aurai pris chez toi le faux nom d'amitié ;
» Mais malheur à celui qui se sera fié
» A mes abords trompeurs ; celui-là, je l'écrase,
» Comme on brise à ses pieds un trop fragile vase ! »

Voilà donc ton destin ! Où donc le bon vieux temps,
Où tout partait du cœur, où nos premiers parens
Rendaient à l'amitié le magnifique hommage
De leurs cœurs vertueux ! oh ! funeste partage
De notre vie, à nous ! Ah ! le monde trompeur
Est un ver dangereux, qui nous ronge le cœur !...

VII.

SOUVIENS-TOI !

A ** ***.

Dans le champ du repos, tu laisses des prières,
Et tu verses des pleurs,
A l'aspect douloureux de tant de froides pierres
Cachant tant de malheurs ;

Eh bien ! dans cet album, sur ces si courtes pages
Pleines d'un souvenir,
Quand tu verras mon nom, souviens-toi des orages
Qui m'ont tant fait souffrir !

Souviens-toi d'un ami qui t'aime, et dont l'absence
N'altère point la foi ;
Car s'il a déposé dans ton cœur sa souffrance,
C'est qu'il croit bien en toi !

VIII.

UN SOUVENIR.

A J......

Si par un jeu du sort nous ne nous voyons plus,
Oh ! souviens-toi toujours, de ce temps, où, reclus
Entre quatre vieux murs qu'une mousse verdâtre
Ne couvrait qu'à regret (insensible marâtre !)

Nous pouvions cultiver tous deux notre rosier,
Voir fleurir au printemps le sauvage églantier,
Arracher, sur les toits, la douce giroflée,
De l'œillet odorant la tige étiolée,
Et voir d'un œil jaloux le lierre avec l'ormeau
S'enlacer à nos yeux, auprès d'un clair ruisseau
Qu'ils couvrent tous les deux d'un doux et frais ombrage ;
Tous deux de l'amitié la séduisante image ;
Car, l'orme au tronc noueux, à l'écorce de fer,
Est le solide appui du lierre toujours vert,
Qui lui garde à son tour la fraîcheur sous sa feuille,
Et le pare toujours, même lorsqu'il s'effeuille.
Nous avons toujours dit : « Ah ! si comme eux un jour
» Nos cœurs pouvaient brûler de ce divin amour,
» De la même amitié qui tous deux les enchaîne,
» Combien nous bénirions cette sublime chaîne ! »

Eh bien ! comme eux qu'un cœur, ne formons plus qu'un
                                                corps !
Que nos bras saintement enlacés soient plus forts ;
Pour tous nos sentimens, n'ayons qu'une même âme !
Qu'un de nous, de l'ormeau soit la puissante rame,
L'autre lierre obscur, sera le bouclier ;
Viens, domptons l'univers, s'il veut nous défier !
Montrons-lui ce que peut sur lui l'amour sans ailes,
Et volons enlacés, aux voûtes éternelles !

NOTES.

I.

MINUIT !!

Les fiers dragons volans, les gnômes, les vampires,
Les sphinx aux bras humains, les nains et les satyres,
Tous, (infernal congrès de monstres abhorrés !)
Accourent de l'autel profaner les degrés.

« Il y a environ quatre-vingts ans, qu'il parut près de
» Montureux-sur-Saône, deux dragons-volans d'une gran-
» deur extraordinaire, qui causèrent dans ce canton de
» très-grands dommages, enlevant les animaux domesti-
» ques, attaquant les hommes mêmes, et emportant leur
» proie dans leur repaire. Le fusil ne faisait rien sur eux,

» et personne n'osait les attaquer , ni même les approcher,
» parce qu'on ne les voyait qu'élevés en l'air et hors de
» portée. Ils avaient la forme de serpens ou de crocodiles ,
» avec deux ailes comme celles de chauve-souris, c'est-à-dire
» sans plumes ; deux pieds et une longue queue comme les
» serpens ordinaires. Enfin, les paysans, fatigués de leur
» voisinage, s'attroupèrent en grand nombre, armés de
» tout ce qui leur tomba sous les mains, et se mirent à
» faire un grand bruit pour les effrayer et les faire fuir. En
» effet, ces redoutables animaux se sauvèrent dans un grand
» puits où il n'y avait point d'eau. Aussitôt les paysans les
» y accablèrent de pierres, de bois, de paille, de terre, mi-
» rent le feu à la paille et au bois, et les y étouffèrent par la
» fumée. Plusieurs années après on entreprit de vider le
» puits ; on y découvrit parmi plusieurs matières, les têtes
» des deux serpens, et une partie de leurs os, noircis par la
» fumée. Comme il n'y avait là personne de curieux , on se
» contenta d'en réserver le crâne et la partie supérieure de
» la mâchoire, le tout long d'un pied de roi ; la gueule seule
» devait avoir sept pouces de profondeur. On conserva
» aussi une dent.

» Il y a apparence qu'ils venaient des montagnes de la
» Suisse, où l'on assure qu'on en a vu assez souvent. Il y
» a environ vingt-cinq ans , qu'on vit dans la ville de Badou-
» viller, en Vosges, un grand serpent-volant qui passa
» plusieurs fois par-dessus cette ville, et fut aperçu par
» tous les bourgeois dont nous connaissons encore un bon
» nombre qui sont en vie, et qui en rendent témoignage.

» Il avait la tête oblongue comme celle d'un brochet, et
» les ailes comme celles de la chauve-souris ; son vol était
» bruyant, son corps oblong et pointu comme celui d'un
» serpent ; on disait qu'il était inutile de tirer sur lui, par-
» cequ'étant couvert d'écailles, le coup de fusil n'y aurait

» rien fait. On ne le voyait guère que la nuit et sur le soir.
» Vers le même temps deux ou trois bourgeois de Raon-
» l'Étape, revenant le soir du côté de Baccarat, virent
» aussi un dragon-volant, qui passa sur leur tête avec grand
» bruit. Il alla s'abattre à quelques distances de là, dans les
» prés de Baccarat. On le vit aussi à Sainte-Marie-aux-Mi-
» nes et à Deneuvre ; tout ce canton était alors fort sauvage,
» et couvert de bois. »

Le père Calmet, Mercure de France, décembre 1745.
Thibaudeau, Histoire du Poitou.

II.

LETTRE DE M. VICTOR HUGO A L'AUTEUR

EN RÉPONSE A L'ENVOI DES PENSÉES ET SOUVENIRS.

Vous avez fait, Monsieur, un grand honneur à mon nom. Je vous en remercie du fond du cœur. Je pars pour les Pyrénées. Vos beaux vers m'accompagneront dans mon voyage. C'est encore un remercîment que je vous dois.

Recevez-le, Monsieur, avec l'assurance de mes sentimens très-distingués,

VICTOR HUGO.

Paris, 12 juillet 1843.

TABLE.

Préface. . . . . *page* 5
Invocation. 15
Fatalité ! 29
Les deux Anges d'Orléans 31
Minuit ! 37
Imprécations 41
Il est au ciel ! 45
Fragilité ! mensonge ! 51
Souviens-toi 55
Un Souvenir 57
Notes. 59
Lettre de M. Victor Hugo. 62

www.ingramcontent.com/pod-product-compliance
Ingram Content Group UK Ltd.
Pitfield, Milton Keynes, MK11 3LW, UK
UKHW021653130726
13696UKWH00004B/1578